KB147188

푸른사상
시선

110

얼굴, 잘 모르겠네

이복자 시집

푸른사상
PRUNSASANG

푸른사상 시선 110

얼굴, 잘 모르겠네

인쇄 · 2019년 9월 25일 | 발행 · 2019년 9월 30일

지은이 · 이복자
펴낸이 · 한봉숙
펴낸곳 · 푸른사상사

주간 · 맹문재 | 편집 · 지순이, 김수란 | 마케팅 · 김두천
등록 · 1999년 7월 8일 제2-2876호
주소 · 경기도 파주시 회동길 337-16(서패동 470-6) 푸른사상사
대표전화 · 031) 955-9111(2) | 팩시밀리 · 031) 955-9114
이메일 · prun21c@hanmail.net /prunsasang@naver.com
홈페이지 · http://www.prun21c.com

ⓒ 이복자, 2019

ISBN 979-11-308-1459-9   03810
값 9,000원

☞저자와의 합의에 의해 인지는 생략합니다.
이 도서의 전부 또는 일부 내용을 재사용하려면 사전에 저작권자와
푸른사상사의 서면에 의한 동의를 받아야 합니다.
이 도서의 국립중앙도서관 출판시도서목록(CIP)은 서지정보유통지
원시스템 홈페이지(http://seoji.nl.go.kr)와 국가자료공동목록시스템
(http://www.nl.go.kr/kolisnet)에서 이용하실 수 있습니다.
(CIP제어번호 : CIP2019036095)

이 시집은 2019년 경기도, 경기문화재단의 문예진흥기금을 보조받아
제작되었습니다.

얼굴, 잘 모르겠네

올해 들어 빛길이 열렸다

일이 수월하게 이루어진다는 것은
축복이요 행운이다
뜻밖의 좋은 일이 이어지고 있다
설렌다 떨린다 벅차다

詩
빛을 받았다
賞을 받고, 시집(詩集)갈 운이 트였다

늦장가 가는 아들의 신부가
엄마라고 부르며 다가온 기쁨
후로 이어지는 잔잔한 감동
우리 새아가, 복덩이가 만들어내는 힘 같다
무엇이든 주고 싶은 마음이다

4

시를 읽을 줄 알고 이야기하는 예비 문학인
아들과 예쁘게 가정을 꾸려갈 새아가 손에
시엄마의 일곱 번째 시집을 쥐어주고 싶다

새 시집을 맞는 기쁨
하나님께 감사하고 푸른사상사에 감사하다

2019년 9월
하람 이복자

| 차례 |

■ 시인의 말

제1부

제2부

| 차례 |

제3부

제4부

제5부

제1부

여울

스킨십이 샘난다
금빛 자갈은 여전히 익는 중
빛난다

마중과 배웅이 아울려
소용돌이도 쉽게 풀려가는

삶은 그저 순탄하면 행복이라고
햇빛도 평안을 투여하는 흐름 목

모난 성질 스스로 낮추어 맑은
소리조차 사리랑사리랑
사랑이다

봄날

꽃바람 부는 거리
면사포 쓰고 싶을 만큼
고운 사랑 하나 살랑살랑
시샘길 나서는 건 당연하지

환하고 보드라울 그곳
님과 함께 있는 침실을 꿈꾸다가
폴짝, 조그만 청개구리 등장에
번개 맞듯 깜짝 놀라는 사태가 벌어진다 해도
새 봄인데

그 집을 사랑 1번지라 하고 보면
꽃바람 부는데 꽃이고 싶지
시샘은 사랑이 눈뜰 때 최고 예쁜 거라서
꽃을 보면 '예쁜 계집애'라고 부르지

시샘길에 속살 드러낸 꽃, 예쁘지
웃는데……

진미(眞美)

참꽃은
옴팡눈 하고
뭐 그리 애교도 없이

비에 눈 감고
가냘픈 떨림, 눈물이더니
허공에 매달린 기도 아직 싸늘한데
입술에 담긴 순정, 촉촉한 외출이다
선뜻 나섰건만 마주치는 것은 낯선 사람들
눈 맞춤은 서툰 인사의 연속일 뿐
쉬 떨어지지 않는 걸음 입술 언저리 맴돌다
결국 되돌아 도리질인 표정 보아 첫사랑은 어디?
속 저린가 보다

평범이 익어 도도한 맵시는
고고(孤高)한 선비가 첫눈에 반해
쪽쪽, 입맞춤 남기고 갔을 분홍

봄, 님 찾는 입술
속내 참 곱다

견훤 아버지, 사랑 울음

찌스르르 찌스르르
달빛 풀숲에 지렁이 울음 눈물져 방울로 여문다

한 여인과 사랑 나누기를 몇 밤 지새운 끝에
후백제 임금 견훤을 낳았으니 그 얄궂은 뿌리에
울음, 이슬 젖는 날 더욱 목멘다

인간, 지렁이에게 씨를 뿌려 봤느냐?
그런 전설 없으니 지하의 자주색 선비들
어둠을 달빛으로 삭혀 목 축이고 뿜어내는 소리
밤도 밤새 숨죽일 수밖에 없는 관객이다

비가 예고되는 날
청량한 멜로디로 일어서는 울음에 스스로 취해
들뜨는 사랑, 비라도 흠뻑 젖어야 식을 듯
꿈틀꿈틀 날 새는 줄 모르고 기어 나온 저 선비

밟으면 당연히 꿈틀하지

뼈가 삭아 없어질 만큼 숭고한 울음의 역사를 가진
빛보다 아름다운 소리, 사랑 울음
정중히 묻어줘야 할 자들의

찌스르르 찌스르르

* 『삼국유사』에 견훤이 지렁이의 아들이라는 전설이 있음.

호수 단상 1

풀을 키우는 눈물은 흐르지 않습니다
가슴에 맴만 돕니다.
풀이 무성한 가슴은 작은 바람에도 요동이 심합니다
눈물을 함부로 보이지 말라는
근엄한 진리에 갇혀 풀씨까지 고이 품습니다
빗소리 요란하면 소리 내어 울고 싶은 밤은 오고
엎드려 통곡한들 흘러가는 것은 빗물일 뿐입니다
하늘이 또렷이 내려앉는 날일수록
눈물은 반짝이고, 사랑은 익어 거울같이 맑아집니다
가슴에 물풀을 키우며
눈물로 기다리는 사랑이 있습니다

호수 단상 2

호수에 사랑이 있습니다.
나란히 앉아 고백한 그때
축복의 길로 흘러 고인 눈물이 빛납니다
기도처럼 간절하게, 소망처럼 영롱하게
호수 수면은 애잔합니다
그때처럼

호수에 올려놓아 진주로 가라앉힌 사랑
진실의 둑은 무너질 리 없다고 믿었는데
그날은 왔고 세월이 많이 흘렀습니다

진실은 호수를 다시 찾은 사람의 몫
오랜 진주, 반쪽의 비밀을 간직한 채
아름다웠다, 그리웠다
수면에 눈물처럼 떠오르는 사랑이 있습니다

호수 단상 3

순풍의 가락으로 오는 이라면
마음 쓰지 않았으리
집채 날릴 듯, 질풍이 아니었다면
사랑하지도 않았으리
푸른 눈으로 뚫어지게 오는 이

오로지 한 사람을 위해
태초부터 예비한 고독의 깊은 골짜기로
미친 듯 쳐들어와 빗살무늬로 꽂히는
돌아서면 세상을 하직할 듯 아팠던 사랑
그를 내칠 일이 아니었다

사랑의 자국이야 황폐한들 어떠리
퉁탕, 우지끈 시끄러운들 어떠리
천둥 번개 같은 전율이었기에
꼼짝 못 하고 마음 다 털린

호수, 그리움 잔물결로 운다

보리 굴비

짭조름한 영혼
보리 항아리에 둥지를 틀었네
세상과 단절된 보리와 굴비
보리는 굴비를 사랑하고
굴비는 기쁨에 젖고
보리가 굴비 손을 잡으면
굴비는 마냥 바람 숲을 헤치며
푸른 하늘이 간지럽도록 즐거웠다네
보리가 굴비 되면, 굴비는 보리가 되고
바다와 뭍을 초월한 사랑은 아름다웠다네
천국 문 열리는 날 슬프지 않은 이별을 약속한
두 영혼
보리가 소르르 몸 무너지며
쫄깃쫄깃한 행복을 입혀 내놓은 굴비

중앙선 너머

가을비는
오래전 천 리 밖에 두고 온 그를
짙은 코발트색으로 싸늘하게 적셔
중앙선 너머에 데려다 놓는다

비안개 피어오르던 그날처럼
마음 그곳에 가 있는 걸 보면
그의 그리움도 올 테지, 눈물로 돌아서던 뒷모습
떠올리며 서성이겠지

후두둑
후두둑
단풍비 붉게 내리던 날, 한 발이면 넘을 중앙선을
넘지 못했던 그날처럼
우산 들고 와 나를 받는다 하면

기별이나 했으면 한 번쯤 중앙선 넘어
보송한 손수건 준비하고, 혹 그쪽에서 뿌리친다 해도

나는 그리웠소, 하고
젖은 코트 여미던 손 닦아주고 싶은데

기준, 빌어먹을 지금까지
그 중앙선을 넘지 못해 그리움만 넘는다

간이역

총각 처녀가
역에서의 추억을 가슴에 담고, 같이 살자 하고
시간 열차에 오른 뒤

할아버지 따로, 할머니 따로
짐 보따리 놓고 이구동성
'요쯤서 탔어.'

뒷마당이 철길인 작은 집
여기서 눈이 맞아 까무잡잡한 웃음이 주름진 두 남녀
오늘은 남자가 앞섭니다

불룩한 처녀 가슴으로, 지금
열차가 들어오고 있습니다

제주도 환상

제주도에 왔다
사랑하는 사람과 자유롭게
몸도 마음도 섞는 환상의 터널을 지나 제주도에 왔다
제주도에는 사랑하는 사람이 없다
사랑은 아름다운 것, 사랑이 여기 있기 때문인데
사랑이 아름다워 제주도가 내 섬이 되었는데
곳곳에 사랑의 체취 배어 있을 뿐
사랑하는 사람은 없다
달빛 내리는 제주도 밤은 가슴 멍들게 하고
출렁이는 바다 낭만은 애간장 앗아가고도 남는다
수정 같은 눈물 얼룩지기에 충분하다
제주도에 내 사랑은 있지만 내 사람이 없다
제주도가 내게 묻는다
하루 더 머물지 않고 갈 거냐고, 물론 싫다고 했다
가고 나면 남아 있을 바다 건너 사랑 위해
사랑하는 사람을 제주도에 꼭 꼭 숨겼다

낭만 단편 1
― 봄 기차를 타고

눈을 감는다
아련히 떠오르는 얼굴
그가 내 손을 잡았던 역을 지날 때
차르륵 차르륵 재생되는 낭만

서로 지켜줘야 한다는 고집이
내 탓이었기에 눈 감으면 아름답고
그 후 단 한 번 만남의 우연조차 없어
그대로 젊은 사랑인

사는 날 쌓일수록 그리워
보듬어 그가 잘 사는 꿈을 꾸고
모자 푹 눌러 그리움 입맞춤으로 포개고
그의 눈빛 받아 눈에 넣고

자며
말며
흘러간다, 기차를 타면
나를 맡겼던 그 어깨, 듬직했던 사랑
깊게 빠진다 노곤하다

낭만 단편 2

눈 내릴 때
꼭 오는 손님
눈발 사이 어디 계신가

눈부신 설렘으로 다가오는 사랑
눈사람으로 빚지 않아도 오는
저 꿋꿋한 남자

나뭇가지에 앉혀
날 지키라, 명령하고 싶은데
눈 내리는 날 인연이었기에
기어이 가는 사람

내 안에서 녹는다

낭만 단편 3

간다고 하고선
그냥 서 있던 거시기였기에
내 사람인 줄 알았지
내 모습 눈에 꼭 담는 거시기였기에
나는 사랑을 가슴에 새겼지
가던 발걸음 멈추고선
아쉬움 가득한 거시기였기에
차라리 내가 돌아서야 했지
두고 간 마음이 마냥 따뜻해
거시기 가슴속 내 자리 헤아리며
눈물도 흘렸지
끝내 나를 안고 떠났기에
아직도 눈에 밟히는

그때
그
거시기

달, 강물, 연인, 그리고
― 미음나루 '초대'에서

그림 같은 낭만을 연출하는 초승달 아래
하나 되는 연습 한창인 연인은
궁전에 들었다

그리고
한 무리 중년은 장작불에 둘러앉아
독감 예방주사를 맞고도 추억에 잠겨
타오르는 열병, 질박한 늦가을을 송두리째 앓는다

그리고
억새의 하얀 눈은 모닥불 소리를 끊임없이 시기하고
강변은 물안개로 가로등 초점 지우며 청춘을 즐긴다

또 그리고
찬란한 조명을 받으며 흔들리는
강물의 댄스 속으로 달과 별과 사람과
······

가을 구름

구천(九天)은 높고 멀고
사모의 눈은 천 길 우물이고
서러워 쳐다보지 않으려 해도
인연의 끈 하늘에 닿아 있어
쳐다보면 더 높이, 멀리
당신, 우물에 내려와 남긴 씨알 있는데
사랑하오 가지 마소
가지 마소, 애원해도 손사래로 떠나는
얄미운 바람둥이

제2부

제주 서우봉 길

하얀 해변 모랫살을 만진 후
까만 현무암 기슭을 끼고
둘레길 아래로 밀려드는 파도
가슴으로 느끼고
야트막한 언덕 청보리밭을 지나
망오름 꼭대기에 오르니 제주가 훤히 보이고
내려오는 길에 석양이 좋아 또 한참 놀고

만난 팻말의 문구
'인생은 한 번이지만
행복은 셀 수 없기를'

뭉클, 행복이
아기자기 매달려 숙소까지 따라왔던 길

뽕뽕다리의 진리

건넌다는 것은 이어짐이다
다리는 가로막는 것이 있는 곳에 놓인다
끊어졌던 희망이 이어진 통로는 건너야 단단해진다
그래서 다리는 함부로라는 말을 거부한다

건너편을 쉽게 점령하는
잇는 무거움의 지탱을 칭찬할 줄 모르는 사람보다는
사람과 사람
사람과 자연, 그리고 자신을 생각하며 건너기를 원한다

물 흐르는 긴 다리를 건너본 사람은
바람이 있고 소리가 있어
시원함을 깨닫고야
가벼워지는 다리 위의 진리를 그리워하게 된다

난간도 없이 가는 다리로
철판에 구멍 뽕뽕 뚫고
어려운 세태 중에 바람과 물의 소통까지 감당하며

오로지 애인정신으로 길게

사람의 흑백을 주장하는 다리,
가벼워진 사람이면 이 빠진 할아범같이 좋아 웃는
회룡포 뽕뽕다리를, 누구든 그리워하라
그리워하라

* 뽕뽕다리 : 경북 예천 회룡포에 있는, 공사장 발판으로 쓰는 구멍 숭
  숭 뚫린 철판으로 만든 다리.

응달

지난여름
양달이 뜨거워 헐떡이는 사람들에게
기꺼이 가슴 열어준 이, 고맙게도 그였다

앙상한 나무 끝
털 코트 입은 새가 양달을 찬양해본다지만
언 몸 맡길 수 있는 곳
종종걸음 무리의 겨울 안식처도 역시 그다

그림에서조차 제대로 드러나지 못하고
가려진 얼굴로 사는 운명이지만
이끼까지 따뜻이 품는 것이 그의 진실인데
등 한 번 쓰다듬어준 적 있는가?

세상이 덥고 춥고
웃고 울고, 양달에서 사는 분주함은
빛을 등지고 떠받드는 그의 공이 있어서 환한데
양달만 생각하지 마라

태양의 두 자손, 양달과 응달
빛을 업고 살다 등 구부러져
서늘하게 달구어진 가슴, 따뜻한 응달에서

흙 뚫고
눈 뚫고
단단한 그의 어깨 딛고 양달로 내닫는
복수초에게 봄은 먼저 간다

구두

한 사람을 반쪽으로 나누어 입에 물고
밑창에 이골이 나도록
직립의 원리에 순응하느라 고달파도
보행이 시작되면 그때부터 또각또각 혹은 저벅저벅
걸음 심판은 세심한 박자로 기쁘다던가, 취했다던가
소리로 심기 고발하며
인격 소양 직업까지 고스란히 소화시킨 족적이라
누가 밟기라도 하면 기분 나쁜
때 묻고 닳은 두 짝을 맞추면
한 사람이 고스란히 담긴 이력 한 켤레

소리 속의 나는

돌은 물을 만나면 물소리를 내준다
물소리에는 돌의 무게가 있고

나무가 바람을 만나면 바람소리를 낸다
바람소리에는 나무 무게가 있고

파도가 모래밭을 거니는 소리도 좋고
피아노가 노래를 돕는 소리도 좋고

사람과 사람이 말소리를 내는
소리 속의 나, 무게는
좋은 사람 쪽으로 기울고 있는지

만난 누군가가
됨됨이가 좋다고 겨냥이나 하고 있는지

엊그제 무심코 뱉은 싫은 소리 하나
무게 밀어낸다, 가볍게 저만큼

크는 사막
― 미서부 여행 중

사막의 본질은 크기도 하다
끝없이 널브러진 황량함 속으로
문명이 물처럼 스미고 있다
라스베이거스를 지나 그랜드캐니언을 향하는 가슴에
막힐 이유 없을 듯 동맥으로 흐르는 철길
셀 수도 없이 긴 화물 열차는
칸마다 테마를 싣고 샌디에이고를 출발
시애틀로 가는 신간 서적 행렬이다
경유하는 정류장에 필요한 정보 내려놓고
갓 출간된 서적들 또 매달고 달린다
문명의 밑그림을 운반 중이다
사막의 억센 본질은 하역된 밑그림 위에
문명을 스프링클러로 다지며
부강을 건설하고 있다

흉터

몹시 아팠던
응어리 빠져나가느라 파이고
찌그러진 고통으로 말라가던 입술
결국 다물지 못한

꽃이다
침묵의 시위(示威)가 예쁘다
백미(百媚)의 순풍(順風)으로 남은 낙인(烙印)
평생, 동행의 강요가 아름답다.

존재의 이유 16
— 걸레

전생이 무당이었나,
물귀신이 들어와 신기(神氣) 더할 때마다
시름시름 사위어가는
작두날을 타는 신내림처럼 당당하면서도
달갑잖은 운명

귀한 듯, 비운인 듯
혼신을 다해 잡귀 물리고
제풀에 흐르는 눈물 훌쩍훌쩍
원망스레 신어머니 어깨에 무너져 우는
신딸처럼

눈망울 깊어
귀신 보는 시력으로 한 발 멀리
그렇게 살다가 세상을 이상한 눈으로 바라보게 된
함부로 할 수 없는 제 인생이 서러워
길길이 가슴의 멍 풀어내는 춤사위로

오염된 속내 모른다 해도
겉이라도 반들반들 한바탕 쓸고 닦는
처절한 굿판의 고통을 지저분하다 하지 마라
달라붙은 악귀는
살라야 세상이 깨끗해지는 것을

남을 것도 없는

창문에 점 하나 휙, 지나간다
새 한 마리다
무슨 새인지 무슨 짓을 했는지
왜 급한지 알 수 없다 곧 허공이다

휙 지나가는 이력
단지 사람일 뿐 허공일 터
정신없이 앞만 보고 살았단들
후손 몇 대에나 남아 있을까

어제를 건너 내일로 가는 길목
휙 휙 벌써 이틀의 이력들 많이 없어졌다
기억이라는 파편, 아깝지도 않다

뭘 남기겠다고 아등바등 살았나
어차피 도둑맞는 인생
허공은 자릿세 없어 부의 흔적도 없는데
반들반들해진 훈장급 이력

고것 하나 후손에게 준들 남아 있을까?

일등 국민이 아닌 족보, 이름 석 자 미물일진대
그러나 살아 있다는 흔적, 살아야 할 이유로
창문에 점 하나 획, 또 지나간다

장마는 지금도

과거가 현재로 줄기차게 쏟아진다
장맛비는 생가 마당에 굵은 자국 남기며
통곡하듯 붉은 눈물로 흘러, 어디로 갔는지
분명 낮은 곳으로 사라졌는데

가슴에 돋은 이끼들
아름답거나 슬프거나 물보라로 기어오르고
개운하지 못했던 추억, 햇빛 숨어 어둡던 일들
뒤엉켜 흙탕물처럼 소용돌이, 흘러야 하는데

도대체 해는 뭣 때문에 우울한지
깊숙이 틀어박혀 며칠째 나오지도 않고
둥지마다 고인 습기 알기나 하는지
번개 치고 울고 불고, 구름 때문만도 아닌 듯

우울이란 할퀴었던 자국이 덧나 쑤시고 아픈 것
숨 내던질 정도의 통증이었던가?
달라붙는 우울, 흙탕물에 강제로 떼밀면 되지

설마 해가 구름 때문에 우울하겠어?

해가 축축한 날 만들어
사람들 간 들여다보는 것이 장마라면
흙탕물 흘러간 자국은 늘 현재의 민낯이라고
우울이 피운 투쟁의 꽃이라고

긴 해그늘 견뎌낸 사람은
해와 맞장 뜨고 보송보송 마음 말릴 일이다

산다, 우주에서

우주, 드넓은 곳
티끌보다 작고 작을 테지만
고맙게도 한 자리 잡고
인생이라는 옷을 입고

그 안에 명상이 살고 추억도 살고
설렘도 한 방 만들어
파릇파릇 희망 돋을 때는 동심도 가두고
노후 설계도도 걸어보고

마음과 생각이
드나들 때마다 티격태격, 좌충우돌이어서
추락사할까 '축복'이라는 빗장 걸고

까불까불
말 많고 욕심 부리다가도
죄에 귀 밝은 신의 꾸중이 두려워 이따금 회개하며
겁 없는 생명, 우주에 산다.

꿈

나무가 가지를 뻗는다
새가 노래한다
물고기가 헤엄친다
꿈, 그렇게 사는 이유를 외치는

사람이 큰다
밥을 먹고
화도 마시고
나이를 그리며
살기 위하여 지르는 외마디

우주의 한 페이지에
'나'라는 색깔을 분명하게 입혀
신념의 문 두드리는 등업의 신호

꿈, 이 시간은
민들레가 만물의 대표로 입에 물었다
하얀 촉수로 후~~

타조

아등바등 살지 말자

가자
새 길 만들며 혼자라도 가자
혹 무리 중 이탈 있으면 좋은 말로 타이르고
안 통하면 잠깐 물러서 뒤따르고
그 길에 행복이 있다 생각하자

굳이 날개 펼 이유 만들지 말고
모래바람 불어오면 눈 감자
적이 오면 비껴가라 타일러보고
우글우글 한꺼번에 덤비면 몸으로 맞서자
죽는 것이 참일 수도 있다면야 죽자

뛸 줄도 알지만, 걷고 싶은 고백을
들어주는 하늘이 있다면 인도하는 새 길로
빛을 따라 걷자

가자

걷자

사막 태생의 신념 올곧게 앞세우고

마네킹, 너 나 봤지

숨 막히는 더위에도 스멀스멀 기어드는 바람에게는
청바지에 숭숭 바람 통로 뚫는 재치가 있고
폭우가 할퀸 곳에서도 머리 쳐드는 풀은
물 기습을 조롱할 패기가 있었다
그때는 마네킹, 너와 똑같은 포즈를 취할 자신이 있었다

성묘 날 아버지 근엄은 봉분 위에 여전히 푸르고
그 옆에 안긴 어머니, 편안하게 가을꽃으로 웃는데
잡풀 잡아 뜯기 버거워 어머니 아버지께 꼬꾸라질 정도로
들켜버린 노화를 삭이며 올리는 술잔에 흔들리는 청춘
눈물이 허공에 매달린다, 마네킹 너 나 봤지?

청춘으로 서 있는 너를 고발한다
왜 굵어진 허리를 외면하는지, 점점 원색이 어울린다고
권하는지
재판에 진다 해도 서러워하지 않으리, 나 곱게 늙어야 하고
펑퍼짐한 옷 입더라도 반드시 존경하기를 원한다

내 청춘은 이제 옷장에 두고 다니련다
한 발 늦는 재치와 패기, 이런 것들 때문에
마네킹, 네게 기대는 것이 어색할 뿐이고
이 나이 되면 그렇듯 들키기 싫은 노화를 위해
내일 입고 외출할 편한 옷 미리 곱게 걸어두었다

살, 속의 것들과

살 속에 참 많은 것이 산다
몸만큼의 무게, 꽁꽁 묶인 보따리 풀리면
쏟아지는 양이 어마어마할 것 같아 소름 끼친다
이것들이 지나치게 냉해도, 뜨거워도 괴롭다
도저히 설명할 수 없는 오장육부의 물레질과 맷돌질에는
피만 끓는 것이 아니라 가슴도 끓고 가슴의 신념도 끓고
신념의 푸념도 끓어 푸념의 소망도 소용돌이다
가볍기도 하고 무겁기도 한 보따리
걷지 않으면 주저앉으니까 어처구니 꽉 죄고
남은 근육 풀가동 중, 최선을 다하며
살 속의 것들 지탱하기 위해 숨 쉰다

칡넝쿨

간다
가고 싶은 곳으로 가는 행복이
산비알 한 바닥 가득하다
나무 한 키를 훌쩍 넘을 때도
쳐다보는 것보다는 낮게, 낮추는 습성으로
없는 듯 있는 길을 세월이라 여기고
가다 보니 질겨진 신념은 바위에서 더 빛난다
단단한 근육 질량, 본능처럼 두꺼워
근본이 남성(男性)임을 때가 되면 꽃으로 밝히고
두둑한 배짱 땅속 깊이 저장한다
쇠해도 뒤돌아 뿌리 있고
축적된 자유가 든든한 자산이라고
허공에서 유익을 추구하는 눈으로 살아
총명한 손 조심스레 산비알로 뻗으며
만족한 얼굴로 낮춘 몸이다
한 걸음
한 걸음

빛의 차이

환하고 희미하고 어두운
빛 차이가 있어 길이 다르다

기쁘고 슬프고 힘들고 어려운
천차만별이 있어 울음이 있고
웃음이 있고 또는 없다

받아야만 사는 빛
농도에 따라 우울하고 행복하고
가끔 혼선이 오면 비틀거리기도 한다

눈 뜨면 살아 있고, 감으면 영혼인
어마어마한 차이도 빛이어서
가끔 비타민디 주사도 맞아줘야 하는

행복은 지금, 가까이 있다는데
말 죽이고 마음 무질러도
결코 밝은 길만 열어주지 않는

빛, 그 차이의 도가니
캄캄한 곳 헤맬 때 빛으로 인도하는 그분
마음에 두었던가?
그래, 찔리고 아파도 살아 있다. 산다

제3부

사랑쓴다고 고민하다 잠이 들었다 산을 오르며 나를 하나
니 서먹하고 아득한 곳에 나는 하나다 부득 누려워 외로워
짓에 나는 하나다 부득 누려워 외로워

캄캄, 보이지 않고 노크 인 찾는데 내 얼굴을 다듬어 본 적 없이 못 찾는 바보 수바닥에 파식 웃음 박힌다 자신은 자신이 가장 잘 안다는 것은 거짓말, 자신이 가장 잘 모른다 나를 내려오도록 찾지 못하고 잤다. 모르겠다, 나를
에 갇혀 지금까지 난 자유였네 닭병이를 닮았다는 것 외에 아무것도 보르는 내 얼굴 산을 다

삼나무 숲
— 제주 절물자연휴양림

비가 온다

하늘문을 닫을 만큼 키 큰 삼나무 숲이

작은 사람들을 품고 젖는다

비안개 연무 사이사이

쿵후의 한 장면이 선득 가슴을 치듯

쭉 쭉 뻗은 삼나무 근육의 압도에

사람들은 혼줄마저 마비다

야생초의 요염, 새 노래, 이끼 향까지

온몸이 발효되어 부푸는 이 성분을

차력의 힘으로 말하자면 피톤치드라 했던가

젖어, 세상사 내려놓고 공중 부양된

여인네는 풀잎이고

남정네는 나뭇잎이다

수혈되어 흐르는 엽록소는 맥도 싱싱하다

푸릇푸릇 삼나무 숲에 들었던 사람들

부풀었던 몸 일상으로 감싼다 해도

생애, 촉촉하게 그날처럼 젖어 살고 싶은

자목련

찬바람 꾸덕꾸덕 마르는 3월

가녀린 몸에
얼마나 큰 지진 있었을까
볼 터지고 뿜는 요염에
허공이 살살 타들어 간다

자줏빛 정열
봄 하늘도 큰 충격, 멍든다

능소화

옛날
걸음 느린 양반을 사모하여
뒤태라도 봐줄까, 곱고 아름다운 자태는
담 안에서 뜨거웠던 사랑

만남의 축 높고
기다림의 축도 높아
돌아서자니 눈물이요
주저앉자니 망가지는 사랑

능소화는
부잣집 마당 안에서나 봤다는 전설
그때부터 눈 감고 여기까지
얼마나 멀었던가, 눈 뜨고 보니
자태는 여전히 담에 기대어 사는 조선시대 여인

시대가 달라져
어디서나 아무에게나 웃는다
환장하여 웃는다, 환장하게 웃는다

삽시도의 귀

귀가 밝았었구나!

기름에 뒤덮인 섬
여린 살갗에서 끊임없이 묻어나던 기름, 기름
고통을 덜어주어야 한다는 일념으로
역겨운 냄새 참으며 손톱이 부러지도록
닦고 또 닦다가
미처 붕대 감아주지 못하고 멀어졌던

근 십 년, 다시 찾은 삽시도는
파도 잔잔한 춤과 노래로
둘레길 만들어 야생화들 피워놓고
눈 가는 곳마다 달래 고사리 키워놓고
기다리고 있었네, 건장한 청년이 되어

아문 상처 만져보라 하네
탄탄해진 허벅지, 그 고난에 단련됐다고
상처 닦아준 마음이 회복에 큰 힘이 됐다고

응석 부리네, 보고 싶지 않았냐고
사위 맞고 싶지 않냐고

그랬지
금모래밭에서 해안 절경에서
아픔 중에도 눈 마주치면 총명했지
돌아서기 가슴 아파 회복 기도로 뱉은
'꼭 다시 올게'라는 말
가슴에 새겨두고 살았다는 고난 극복의 전언에
귀 밝은 삽시도의 청춘이 아름답네, 아름답네

질경이

질경이를 보면 눈물이 난다

밟히고 찢기고
몸 버리고 망가지는
그 부활을 명예라고 하기엔 슬퍼

종가의 대감이
갓 속 중심에 단단한 상투 이고 있으면
체통 지켜졌던가?

아무것 아닌 것 같아도
'질경이' 하면 일어서는 인내
뿌리 위에 빛나는

질경이 같은 조상님의 후손, 뚝심이 그리워
배꼽인사로 들여다본다

여름 장미

파르르 떤다
한여름 오한은 무서운데
열꽃 가득한 얼굴로 장맛비를 맞는다
훌쩍훌쩍 흐느낌의 동공 뚫려 떨어지는
굵은 눈물 땅바닥에 파열, 흘러간다

순결 첩첩 에두르고
얼마나 먼 길을 돌아왔는가
5월 장미들 불태운 자리 외면하고
붉은 정열 누구에게 바치려 곧추드는지
장대비가 오는데

4월, 제주 가파도

모슬포 앞바다가
가파도를 선뜻 내놓지 않는 이유는
하늘이 가장 낮게 내린 섬이라서
비 오거나, 파도 세거나, 하늘 푸르지 않으면
할 말이 줄기 때문이라네

사흘 만에 열린 바닷길로 하늘 열리고
그 품에 안긴 섬 가파도가 쏟아내는 말, 말

보리밭에 솔 솔 추억이 살아나고
키 낮은 섬이라 길 끝에 파도가 있고
낮은 담, 이끄는 제주 이야기 숭 숭

보리가 흔들리면 하늘이 웃고
하늘이 웃으면 사람이 아름답고
보리밭에 수를 놓듯, 하늘에 칠을 하듯
열중하여 그림을 그리는 중이라고
듬성듬성 장다리꽃을 두면 한층 수수하다고

쏟아내는 말, 말

이야기 조근조근 익은 한나절,
말꼬리 선착장에 끊어놓고 아쉬워
맑은 날 가파도, 흔들리는 보리 그림 한 폭
아스라이 걸어두고 멀어진

숲
— 광릉수목원

첫 느낌, 꼭꼭 찌르면 싱싱하다
착착 달라붙는 체온, 마냥 보채고 싶다
이곳은 숨골 싱싱하게 트는 곳이라
사람이 숲이라는 섬에 왔거든 조용히 떠다니라고
숲골 자극하는 말과 행동 하면 안 된다, 그래야지
벌, 나비, 벌레, 광릉요강꽃을 들락거리는 개미
고요를 쪼아대는 새들, 꽃과 나무가 천국을 누리는 중이라
아무렴, 텃세에 기죽어야지
싱그러운 살, 눈 감고 비비면 닭살 돋는
숨골 충만한 초록 섬이 참 좋다, 좋다

큰 느티나무 그늘

짧은 담화 끝
부채 파리채 손에 든 노인들
할배, 개미와 싸우며 코고는 곳

오랜 세월 그랬을,
마을 일상이 가슴에 덕지덕지
옹두리마다 전설로 고여 있고

누가 말하지 않아도
탄생부터 영험(靈驗)이라고
자손들 명줄과 소원 주렁주렁 매달리는

맥(脈), 집집마다 뻗어
사람의 오늘이 나무의 어제를 온전히 믿고 따라
에두른 내일이 아늑하고 큰 그늘

봄날, 시 도둑
— 천마산에 시화를 걸고

꽃
잎
향기
잰걸음인가 싶더니

찬바람 긴 수련 끝에 속내 깨끗이 씻고
빠드득 틔워 내놓은 살
어디에 눈을 둬야 할지, 부신

부처님 속 같을 천마산 기슭에 공양처럼
소망 담은 빛깔들, 시가 걸렸다
한 줄 한 줄 풍경 소리
쟁
쟁

등산객, 뚫어지게 감상하다
시심 푹 우러난 보약
안 먹은 척 가네

'도둑이야~~~'

쳐다봐도

안 훔친 척 그냥 가네

하늘 높은 날에

하늘에 가을이 가득하다
따스운 햇살에도, 물든 단풍에도
익어가는 것들에 질투가 엉긴다

다 거둘 것 같던 결실은
측량할수록 가난하고
새털구름에 오르면 허기지는 기운 채워질까

부지런했던 일생 참 무거웠지
무게만큼 허한 몸 어느덧 가을 맞아
문득 깨닫는 오늘 같은 가을날

허둥허둥 나선 눈
가을
가을, 하며 하늘 난다

몽돌이 좋더라

오는 소리 자그르르 새겨 듣고
아닌 건 자그르르 흘려보내고

갠 날도 궂은 날도
모난 곳 다스리며 자그르르, 자그르르
천둥번개 칠 때는 귀 막고

작은 돌이라 해도
세월만큼 다져온 속내가 곱게 비쳐
동글동글 곰살가운 얼굴

파도, 헐벗는

무슨 사연으로
깊은 가문의 여식은

핏줄조차 맑은 청순을
스스로 휘말아 뭍으로
치고 또 치고

치맛자락 밑 가랑이
소용도 없는 욕망의 둔덕
휘감고 또 풀고

안간힘 써봐도
여인의 손아귀는 물거품
잡은 목덜미 풀리고

눈만 뜨면 달뜨는 몸
하얗게, 하얗게
헐벗는 소리

차디차다

개구리가 없어

잎이 돋고
꽃도 피고
나물도 나오고

온통 차올라 팽팽해지는 봄인데
한구석 덜 메꿔져 그리운 소리

개굴
개굴
개굴

경칩 지나고 허공 가르는
이 소리 있어야 봄이 다 찼는데

꽃이 만발하고 초록이 차도
그 소리 없어 헛헛한
도시의 밤

제4부

먼지 때문에

하늘 색 언제 보려나
요즘은 날마다 깜깜이다
북 · 미도 깜깜이다
트럼프는 비행기 타고 쌩~ 가고
김정은은 기차 타고 투덜투덜 갔다
3월 3일 제주도가 뿌옇다
노란 유채꽃 위는 파란 하늘이어야지
잠수함 밖 바닷속도 뿌옇다
꿈, 우리 아가들
하늘 높이, 세상 멀리 보아야 할
경제도 일자리도 길이 안 보인다
공기청정기 풀가동 중인데

하늘나라 엄마~
엄마는 파란 하늘 보며 꿈 키우라 했지?
반짝반짝 별 보며 꿈 찾으라 했지?
먼지, 온통 미세먼지가 판치는 세상
엄마, 난 앞이 안 보여 도무지 뭘 못 하겠어요~

난민 고무보트

하늘은 붙잡아줄 팔도 안 보이고
바다는 받쳐줄 어깨가 없는데

넘칠 만큼 사람 태운 고무보트가 바다에 떴다
더 이상 사람이 아니라고 말하지, 난민들을

파도야 흔들지 마라
속에서 올라올 무엇도 없다는데 너는 왜 팔을 쓰니?
제발 흔들지 마라

눈물이 소금 되도록 붙어 있는 목숨
땅 찾는 눈으로 한 발 기어 나와 헤매는 사이
파도가 손에 쥔 죽은 아이, 먼저 도착이네

홍해를 가른 하늘이여!
오병이어(五餠二魚)*의 손으로 보트 좀 잡아주소
너무 잘살아 사람이 아닌 사람 많다 해도

공평(公平)을 주장하소서

* 예수가 다섯 개의 떡과 두 마리의 물고기로 5천 명을 먹였다는 데에
  서 나온 말이다.

백두산 이무기

용이 살다 올라간
99명 선녀가 물이 맑아 목욕하고 올라간
리설주가 말한 전설 말고도

예전에 천지에 괴물이 산다고
봤다고, 이무기 같은 괴물이 증거라고
어떤 사람이 제시한 사진을 믿었기에

지프차를 타고도 가보고
1400 계단을 올라 내려다보기도 했다
틀림없다, 이무기 사는 집은 집안 공개하는 방법도
특수 안개문 설치, 빗장 장치
꽉 걸어 한 치 앞 못 보게 하기도 하고, 확 열어
곧 오를 것처럼 푸른 하늘을 통째 품기도 했다

꿈틀. 불쑥 금방 등 보일 듯
눈 뗄 수 없는 시퍼런 물 깊디깊은데
중간쯤 숨었나, 입에 문 불 뜨거워 계란도 익는다

분명 천지에 괴물이 있긴 있다

김정은과 함께 천지에 간 문재인 대통령이
한라산 물 반 통 뿌릴 것을 미리 안 이무기
비구름도 빨아들여 푸른 하늘 열었잖은가
그 이무기 백두산 물 반 통 물고
한라산에 오는 날, 통일이 된다는 전설

믿거나 말거나

인사동 인공지능

자주 가는 곳은 그림이다
인사동이라는 액자 속에 내가 있다
인사동 모자를 쓰고 시를 생각하고
인사동 외투를 입고 그림과 마주치고
소화시킨 인사동 밥은 몇 그릇인가?
차 마실 때는 예술에 빠졌구나!
봄 여름 가을 겨울 가릴 새 없이
등장했던 곳, 오늘은 수도약국이 목적지다
오래 우린 대추차를 마실
여인은 손에 시를 들었다
쌈지길을 막 지난다

새벽 단상 1

새벽이 온다
푸르스름한 마약으로 온다
곤한 아파트 사이 긴 바늘 꽂히고
첫 효과는 문을 나와 빠른 걸음인 사람이다
서서히 팽창하는 하루 근육에
나무들 일어서고
가로등 꺼지고
바빠지는 사람들 얼키설키 거미줄을 긋는다
밝아질수록 촘촘하게 얽힌다
외출에 쫓겨 정신없이 바쁘다가
냅다 문짝 들이받고 발가락에 금이 간 사람도
깁스를 단단히 했건만 '쉼조급증' 중독성 현대병으로
거미줄 대열에 끼지 못하는 후유증, 불안이다
굵은 거미줄 하나 더
'닭 모가지를 비틀어도 새벽은 온다'라고 말한
김영삼 전 대통령 0시 22분 서거, 얽혔다
흔들흔들, 출렁거릴 하루다

* 2015년 11월 22일 0시 22분 김영삼 전 대통령 서거.

새벽 단상 2

기도가 간절한데
봄은 몇 날 벽공을 더 쏘다녔나 보다
꿈에 하늘나라 백한 살 엄마가
환하게 웃으시며 '아프지 마라' 하시기에
3월, 여기저기 고장 난 몸 수리 좀 하자고
서두른 건강검진 결과, 별 이상 없다니
눈 감고 새벽의 효력을 시험하다가
문득 은혜를 깨닫는 아침이다
그렇지, 산수유가 터지고 매화가 터지고
겨우내 삭막함으로 야윈 감성을 흔들며
새벽 살을 뚫고 천마산을 넘어오는 아침이
유난히 예쁜 걸 보면 좀 서둘러야겠다
걸어야겠다 훌라후프도 눈에 보이게 놓았다
울컥 아침 마중 후 터진 울음보
눈물 속으로 아름답게 꽃 피는 봄이 왔다
조심스레 기도의 화답이 오는 새벽 터널을 정비하고
그분을 맞듯 아침을 꽉 껴안았다, 눈을 꼭 감고
봄날, 세상이 눈물겹도록 아름답소이다

대만은 나를 돌아가라 하고

자유중국의 혼은
눈물이 마를 수 없나 보다
도착하자 내리는 비는
잠시도 그치지 않고 돌아가라 했다

고궁박물관은 젖은 사람 범벅이고
야류해양공원도 비바람이고
사립관저의 장미마저 비에 고개 숙이고

장개석 신화는
국립고궁박물관에서 더없이 찬란한데
한국과 중국 관계가 돌처럼 씹히는 듯

3일 꼬박 우산을 적신 비
비닐봉지에 담긴 채 비행기를 타고 따라와
거실에 짐을 푼 후에야
나를 야유하듯 슬며시 돌아갔다

북경은 나를 또 오라 하고

북경 가이드는
즐비한 한국 자동차 이름으로
국교를 자랑처럼 확인시키며
일정을 안내하는데

천안문 광장 바람 멈추고
자금성은 칼바람 막아주고
만리장성은 쏟아지던 눈도 그치게 하고
천단공원의 춤과 노래 흥겹고
이화원은 안개 거두어 시야 넓히고
눈 오는 노천 온천은 더없는 겨울 낭만이라 했다

모택동은
천안문을 호령하는 영웅으로 준엄하니
배웠던 역사 속의 오랑캐는
자금성의 후예였네, 황제의 웃음은
곳곳에 다섯 발가락 용의 자태로
호탕하게 가슴 열어 옛날을 부질없다 하고

떠나던 날 폭설은
짧은 거리 호텔에서 공항까지
네 번의 접촉 사고를 구경시키고도
설경은 끝내 아름다웠다

돌아서는 마음 섭섭하여
뜨겁게 가이드를 포옹하는 사이
북경은 내 마음을 슬며시 **빼놓고**
몸만 보냈다

자작나무 사다리
— 북해도 양재산 아래 호텔 힐튼에서의 밤

호텔에 짐을 풀고 나와
자작나무 사다리를 놓았다
오늘 합방은 가슴을 만지고야 성사될 조짐이므로
양재산 사타구니에 걸쳐놓았다
마음 급한 사람들
눈으로 덮어둔 순결이 방사되는 순간을 포착하기 위해
카메라로 연방 흥분제를 투여해댄다
사진에 어둠 속도가 색깔로 기록되고 있는데
휘영청 밝은 달과 반짝이는 별은
눈도 밝다 눈치도 없다 거사의 순간은 다가오는데
사다리를 흔들 만큼 깔깔웃음 절정에서 멈추고
드디어 한 사람의 심장이 조각나는 소리를 들었다
양재산, 드디어 어둠에 눕고 흰머리 풀어헤치니
북해도 첫날의 숨가쁜 정사가 끝났다
낯선 곳의 깊은 아름다움은 혼과 혼의 신혼
한 몸 되는 첫날의 황홀, 노천 온천에 몸 담갔을 때도
한 치의 오차 없는 달과 별의 시샘은

양재산 숨소리마저 온천 앞 연못에 데칼코마니로 박아놓
았다

알몸, 밤 깊도록 자작나무 사다리가

여인네들 가슴에 닿아 있었다

맛있는 비빔밥을 위하여

아이들을 가르치던 때는
재잘재잘 튀어나오는 고 마음을 몰래 훔쳐
쉬는 시간에 몇 글자

요즘은 전철에서 몇 글자
여행 중 괴발개발 몇 글자
메모는 늘 이렇다, 시 반찬이다

모이고 묶어
냄새 풍길까 꽁꽁, 구수한 된장 냄새도 난다
몇 가지 넣고 참기름에 비비면
맛있는 비빔밥 한 그릇 나올까

반찬이 좋아야 밥이 맛있다고
색깔 곱고, 간 맞고, 감칠맛 나는
비빔밥 한 그릇 위해

가난한 시인

밥배보다 고픈 글배 채우려
골 아픈 이 반찬 보따리 자꾸 뒤진다

오늘은 점심도 굶었다

비엔나 커피

생소했던 비엔나
노란 머리카락의 부피와 파란 눈의 깊이를
도무지 잴 수 없는 사람들 틈에 끼어
까만 머리 왜소한 몸
어디에 맡겨야 하나, 의자에 앉았는데

바닐라 커피, 아이스크림에 입술 강탈당하고
큰 잔 명치쯤에서 진하게 올라오는 아메리카노를
으흠, 탐닉하고 눈을 떴을 때
오스트리아 빈은 내 도시였다

밀착의 순리가 아니면 맛없는 사랑처럼
홀로 감지하는 순도(純度)의 전류를
스스로 핥아 달콤 경지를 넘는
입술, 파닥거리는 미각의 희열이 아니고야
바닐라 아이스크림을 좋아할 수 없지

그날, 유럽과 동양이 부드럽게 섞였던 그 후

동반처럼 입술 감지를 선호하는 주문
라테, 얹힌 바닐라 아이스크림
날마다 여행이 그리운 커피 중독자에겐

그 자리, 그 카페, 오스트리아 빈, 여름

자장면

50여 년 전 자취 시절
라면으로 끼니 때우기 지겹다가
구슬발이 자그렁거리는 집, 거기서
입에 맞아

우둘투둘 못생겨도
마음 빼앗긴 검은 도둑

옷에 튀거나 입 주위 산만해도
입 가득 먹다 보면 불뚝 배불러
냅킨으로 닦고도 혀로 입술 두르던

밥하기 귀찮고 반찬 없으면
해물 적당히 섞인 그놈
그놈이 이따금 그립다

입맞춤 추억같이
옛 애인같이

다초점 안경

시력이 너무 좋아
멀리 떨어져 있는 사람
입은 옷 색깔도 간혹 감으로 맞추고
오체투지 행렬 이어진 차마고도에서
신의 젖줄도 보고
나이아가라 그랜드캐니언 장가계 원가계
마추픽추에서는 곧 도착할 듯한 천국을 찾다가
아차, 볼 만큼 봤으면 그만 봐도 된다는
노안, 눈이 무릎 꿇었다
인상 풀면 혼수상태인 초점
아직 볼 것 많은데 강 건너간 시력
안경 안에 갇혀 날마다 굿판이다

속도의 터널
— 첫 강릉행 KTX를 타고

빠르다

터널
터널
터널
터널
터널

풍경이 잠깐 빛으로 오고

터널
터널
터널
터널
터널

시원한 풍경을 벌컥벌컥 마시고 싶은데
경강선 KTX에 처음 탑승한 영혼, 잠깐 지나는 지명들이

엉켜

　여기가 어디? 정신줄 눈 밖으로 튀어나올 지경인데
　모니터에는 번득이는 2018 동계 올림픽 종목들이
　쌩쌩, 속도를 겨냥하고 있다

　내륙 횡단에 자주 막혔던 혈관 확 뚫린
　터널
　터널
　터널

　올림픽이 뚫은 고속철로를 질주하여 도착한 강릉역
　속도에서 빠져나온 승객은 총알을 타고 온 듯 어리어리
　낯익은 완행열차를 찾는다, 없고
　병명을 알 수 없는 터널 증후군, 좀 아프다

제5부

감나무집 딸

꽃이 피면 화관 만들고
목걸이 팔찌 만들어 여자 연습 하고
더워도 그늘 짙은 평상에서 우는 매미 노는 개미
밤엔 반딧불이도 놓치지 않고 시(詩) 수련에 열중했다
감이 빨갛게 익을 때면
선생님이 되겠다는 꿈도 점점 여물었다
아버지가 곱게 손질한 곶감 판 돈으로
도시로, 도시로 유학을 했다

마당 오른켠 아름드리 감나무
낙화 쓸고 낙엽 쓸고, 싫기도 했지만

선생님이 되고 시인이 되고
얼굴도 마당 감을 둥글넓적 닮았는데
속은 단가, 모르겠다

하얀 까마귀, 어머니

장에 갔다 오는 날
엄마는 유난히 하얀빛이었다
보따리에 새끼들 좋아하는 것들 이고 오는
머리는 유난히 빛났다

그랬던 엄마, 다섯 새끼 깟깟 키워 내치고
부실했던 막내아들 붙잡고 살다 앞세우고
그 며느리까지 앞세운 날부터 살아 무엇 하나
살아 무엇 하나
되뇌는 이유는 해 뒤치면 아흔일곱이 온다고

그래놓곤 살기 원하네
몹쓸 놈의 다섯 새끼가 이구동성 갖다 버린
곱디고운 새는 새로 튼 둥지가 편하다고 하고선
큰아들 찾고 큰딸 찾으며 날 데려가라는 호통에
밤마다 등 환히 밝혀야 한다네
요양원이 밤마다 떠들썩하다네

높이 날던 새 이제 휠체어에 몸 실어야 하는데
앞서간 막내가 남긴 어린 새끼 둘 거둬줘야 한다고
어미 아비 없어 서러울, 그것들 거두다 죽겠노라고
소리치다 까만 밤 하얗게 샌다네, 치매처럼

겉 하얗고 속 까만 새, 어머니
깟깟 항변하는 소리에
다섯 새끼들 어찌 속 까맣지 않으리오
그렇게라도 기운 차려서 정신 줄 꼭 잡고
오래오래 사시기만 해주세요

사랑하는 하얀 까마귀, 곱디고운 엄마야!

수숫대 빗자루

내게 시급한 일은
아버지가 그랬듯이
단단한 수숫대 빗자루를 걸어두는 일이다
사랑방 문 옆에 걸어두어 툇마루 쓸고 먼지 털어내던

외출에서 돌아오면
후후 불편한 속엣것들 뱉어내며
툭툭 싸잡아 따라온 더러운 것들 털어
아픔과 부정은 절대 우리집 문주방 넘지 말라는 경고 후
꼭 그 자리에 걸어두고
우리 남매들을 향해 미소 짓던

왜 없었겠는가
먹고사는 것만이 아닌, 쓸고 털어도 소용없는
아버지 속에 꽉 박혀 썩는 풍파들은
돌아드는 걸음 사정없이 무겁게 했을
밖으로 내지 못하는 울음

아버지가 설움도 깔끔하게 털며 키운
똑똑한 나를 뒤처지게 만드는 고독과 우울
잔인한 문명과 고단수 문화현실의 횡포를
털고 쓸어낼 수 있는 수숫대 빗자루가 그리워

고달프게 쌓이는 하루하루
웃어도 속은 천근만근이다

흑백 사진 한 장
— 엄마의 마지막 소풍

키 작고 예쁜 울 엄마가
고운 한복 입고 경포 솔밭으로 소풍 오셨다
하얀 고무신 신고 치마꼬리 밟힐세라 장둥띠* 매시고
찐 고구마, 삶은 밤, 침감*, 찐빵 담긴
양푼을 머리에 이고 오셨다

엄마를 눈에 넣느라 뒤에 수건 온 것도 몰랐다
잡혀서 '나의 살던 고향은 꽃피는 산골……'
오로지 엄마만 보고 노래를 불렀다

수건돌리기 게임 끝나자 돌아서서
치마꼬리 들고 속치마 들추고 고쟁이 주머니 옷핀 빼고
꼭꼭 접은 십 원짜리 꺼내
삼각형 빨간 주스 사주시고
풍선도 사주시고

6학년 마지막 소풍
뒷줄 가운데 가르마 선명한 쪽머리 우리 엄마 있고

앞줄에 쪼그리고 웃는 내가 있는
딱 한 장
흑백 사진 속의 그날

* 장뚱띠 : 긴 옷을 치켜 올려 묶는 천으로 만든 허리띠.
* 침감 : 떫은 감을 항아리에 넣어 소금을 넣고 따뜻한 애랫목에 두어
  삭힌 감, 단감이 된다.

옥수수 효자손

강원도 산골은 옥수수 고장이라
알은 사람이 먹고
대는 작두로 썰어 여물로 소밥 됐지

사람 먹을 것도 부족한데
지금처럼 옥수수 알을 어찌 동물에게 주는고
여름 한 철 배불리 하모니카 불듯 먹었지

먹고 남은 고갱이
곧고 적당한 놈 두어 개 말려
팔 길이만 한 싸릿대 꽂아 벽에 걸어두었지

겨울
벼룩 많고
이 많고
빈대 많던 시절
그만한 효자손 없었지

새로 생긴 비문증

백한 살 엄마를 땅에 묻기 싫어
마구 울었더니 눈에 꺼먼 것이 덮였다
안과에 갔더니 내출혈이란다

기다리느라 얼마나 힘들었을까
막내 품에 안기자마자 곱게 간 엄마!

남들은 갈 때가 돼 갔다고 호상이란다
웬 호상, 난 자꾸 눈물이 난다

안 울어야 없어질 거라는데
자꾸 운다, 울 엄마 만질 수 없어서

고향, 태풍 눈 같은

툇마루
아버지 어머니와 남매
신
옷
연필 깍두기공책

개울
진달래
별

친구
오줌보 축구공과 공깃돌

집 안팎
우리 마을에 늘어진 온갖 자취들
뭐 별것 아닌 것들

본태성 향수증에

생수처럼 다가와 고단한 행보를 달래주는
애중(愛重)한 것들

잘못된 자취도 다 눈감아줄
태풍 눈처럼 환한, 이생 터전

아흔아홉 우리 엄마

엄마 엄마 우리 엄마
꽃 같이 예쁜 울 엄마

아흔아홉 우리 엄마
자식 이름 놓칠세라
고향 이름 잊을세라
꼭 잡고 있는 기억들에 한없이 눈물 나네

백수 잔치 즐거운 날
정신 나빠져서 사람 다 잊었다면서
쏟아내는 창 가락이 유창하고 유창하네
구구절절 덩실덩실 춤사위 박자 음정
어찌 좋은지 아리아리, 나 죽을 때까지 기억할

엄마야 엄마야
백 년 노래 가사
지금인 듯 다 외는 정신 줄 꼭 잡으시고
오래오래 살아주오

오래

오래 살아주오

사랑하고 사랑하는 우리 엄마야

큰언니

언니야, 손 내밀어봐
두툼한 손, 일손이라 까끌까끌한
듬뿍 사랑 주던 그 손 놓고 싶지 않아
부재를 인정하기 싫은데 목소리가 없잖아
전화 받을 언니가 없잖아
예쁘게 살았으면 아프지 않게 가야지
삶이 고달팠으면 좀 앓기라도 하고 가야지
뭐가 그리 바빠 익숙한 계단에서 떨어지냐고
얼마나 아팠을까, 곱고 예쁜 우리 언니
얼마나 할 말이 많았을까, 한마디 못 하고
언니야! 아무리 생각해도 아까운 큰언니야
들기름 떨어지고 서리태 강낭콩 다 먹어가고
새 간장 된장 챙겨줄 언니 손 없어
무덤을 파 다시 데려오고 싶은 언니야!
선생 하는 동생이라고, 글 잘 써 이름 떨친다고
안 자고 공부해 성공했다고 자랑스러워하기에
이제 좀 잘해드리려 했더니, 왜 그렇게 가냐고……
연세 많은 엄마를 대신해 살핀 사랑이
아버지를 대신해 책임졌던 내리가르침이
피와 살이 되어 튼튼하게 자란 나는

언니가 있어 세상이 든든했는데 빈자리가 허전해 너무
슬퍼
  백 살 엄마 두고 어떻게 먼저 갔어?
  어떻게 해? 엄마는 언니가 여행 간 줄 아는데
  엄마가 많이 아픈데 맏딸 손 없어 어떻게 해?
  아무래도 엄마도 오래 못 사실 것 같아
  엄마 가면 아버지랑 손잡고 못한 것 다 해봐
  우리 다 하늘나라 가면 그때는 더 재미있게 살자
  두고 간 사랑이 너무 커 문득 보고 싶고
  만지고 싶은 날에는 운다, 난 많이 울어
  날벼락 상처 주고 훌쩍 간 언니가 야속하고 미워 죽겠어
  사랑했는데, 자랑처럼 사랑했는데
  내가 큰언니를 얼마나 의지했는지 알아?
  허둥대고 힘들 때 꿈에라도 내 손 잡아줘
  꼭 잡고 만지고 싶은 내 사랑 큰언니야!

* 큰언니 이숙자 : 2015년 12월 13일 낙상, 15일(음력 10월 24일) 77세
  로 사망

작은언니

추위 살짝 데려가는 봄 햇살처럼
늘 그렇게 다가와 따뜻한 언니

보고 또 봐도
언니는 아빠를 닮고 난 엄마를 닮고
암만 봐도 다르게 생겼는데
남들 눈에는 둘이 똑 닮았다네

참 날 아끼고 살았어
어쩜 따뜻한 말만 사랑 담긴 말만
골라 할 줄 알았는지 몰라, 언니는

3년 늦게 태어난 이유로
70줄에 닿는데도, 세 살 적부터 밴 응석
투정이고 섭섭해하고
기댈 줄만 알았는지 몰라, 나는

엄마가 늘 동생 살피라고 했지?

그래서 늘 주는 버릇 앞에
늘 받는 내 버릇 생긴 건 엄마 탓일까?
엄마가 늘 말했잖아, 우리 둘에게
기댈 언덕 있어야 한다고

자신은 환갑 훌쩍 지났으면서
네가 뭐 벌써 환갑이냐고
놀랄 일도 아닌 것에 놀라는
큰언니 가고, 하나밖에 없는 작은언니야!

나도 그 사랑 알지
미워도 동생이라서 다 끌어안는
내 둘째언니, 작은언니!

지금처럼 내 곁에 꼭 붙어 있어야 해
그래야 맨날 지금처럼 응석부리지, 맞지?

꿈에 엄마가 왔다 1

엄마가 왔다
사천 옛날 집이다
우리 남매 모두 어디로 떠나는 날인가 본데
우리 가족은 아들 딸과 큰 사랑방에 머물고 있다
바쁜 듯, 이제 떠나야 한다는 생각을 하는데
엄마가 작은 사랑방에서 파란 한복을 곱게 입고
활짝 웃으며 젊은 나이로 꼿꼿하게 왔다
내가 결혼할 때 해드린 한복이다
엄마, 안 아프냐고 물었더니 안 아프단다
엄마가 어떻게 왔냐고 물었더니
보고 싶어 왔다고, 그러냐고 둘이 꽉 안았다
'아프지 마라' 했다
물어보고 싶은 것 많고, 하고 싶은 말 많았는데
알람 소리에 깼다.

꿈에 엄마가 왔다 2

무언가 꽉 찬 집
사천 집 안방이다
엄마가 가운데 누웠다
작은언니가 엄마 옷을 훌쩍 제꼈다
난 사정없이 엄마 찌찌를 마구 만졌다
울 엄마 웃음, 간지럽다며 활짝 터졌다
깔깔 깔깔
엄마랑 언니랑 웃다가 웃다가
내 웃음소리에 깼다.

얼굴, 잘 모르겠네

'얼굴' 시를 쓴다고
고민하다 잠이 들었다

산을 오르며
나를 하나씩 하나씩 떨어뜨려놓았다
꼭대기에 올라가 내려다보니
적막하고 아득한 곳에 나는 하나다
문득 두려워
되돌아 떨어뜨려놓은 나를 찾으려는데
내가 누구인지 모르겠다
눈앞이 캄캄, 보이지 않고
눈 코 입 찾는데

내 얼굴을 더듬어본 적 없어 못 찾는 바보
손바닥에 피식 웃음 박힌다
자신은 자신이 가장 잘 안다는
진리에 갇혀 지금까지 난 자유였네

달덩이를 닮았다는 것 외에
아무것도 모르는 내 얼굴
산을 다 내려오도록 찾지 못하고
깼다, 모르겠다, 나를

인생 건강검진

인생은
머리에 힘 있는 동안
누렸던 행실보다 섬세했던 감정들이
뜨겁게 놀던 백지

무엇이라도 남기기 위해 아등바등대다
하나둘 몸겨눕는 사연들과
해 바라며 거둔 고뇌의 부피만큼 남는 행적들

춤보다 예리한 손끝이었지
쫓아오는 시간보다 빠르게 굴렸던
펜의 열정, 숨 가쁜 기록들
한 편의 시 같은 인생일 거라고

전신을 찍어 필름에 담긴 것은
완벽한 오판, 백지 한 장
소멸에 익숙한 구겨짐의 유희일 뿐

몰랐던 병 몇 가지 생기고
쥐 날 정도로 극심했던 뇌의 공적은
흔적도 없는 판독, 남은 인생

강물에 헹궈
말리는 일만 남았다, 적어도 똑바로 살았다는

그럴싸한 통화
― 나에게

잘 새겨들어
지나고 보면 하루가 그저 그런 날들인데
비우며 살자 이거야

가만 있으면 좋을 걸 아는 척한 것이 부끄럽고
져도 좋은 걸 이기면 나중이 우습고
잘난 척하지 말자 이거야

꽃을 피워 봄을 노래하고
몸부림으로 여름 땀 빼고
콧대 높여 가을을 뽐내도
정열 다 쏟아낸 후 오는 겨울은 쓸쓸한 거야

저 봐, 뒹구는 낙엽이 인생을 다 말하잖아
추락하는 존재라도 이유는 있어
선악의 공적은 어딘가에 저장되는 법
부서지는 몸으로 홀연 떠나는 낙엽이 쓸쓸해도
겸손은 참으로 아름다운걸

욕심은 추하고 용서는 아름답대

잘 새겨들었어?

세계를 조율하는 균형 감각과 사랑의 정서

송기한

1. 나의 얼굴은 어떤 모양일까

이복자 시인은 동심지향적 시인이다. 시인은 동화, 동시를 창작하고 또, 아동문학을 연구한 이력을 갖고 있기 때문이다. 뿐만 아니라 시인이 지향하는 작품 세계 역시 동화의 세계처럼 맑고 순수하다. 그런데 이런 지향성들은 과거의 한순간에서 끝나는 것이 아니라 지금 현재에도 계속 진행형이다. 따라서 이 시인은 다른 어떤 시인보다도 동화적 삶의 세계를 잘 이해하고 있다고 하겠다.

그러나 주목할 점은 이복자 시인이 동시 계열의 작품을 계속 창작해왔다고 해서 서정시인으로서의 길이나 서정시에 대해서 결코 소홀하지 않았다는 사실이다. 시인은 『그가 내 시를 읽는다』를 비롯해서 여러 권의 시집을 이미 상재한 바 있기 때문이다. 문학은 양식적 특성이 다양하게 전개된다고 하더라도 그 지향하는 바가 장르별로 크게 차이나는 것은 아니다. 자아와 세계 사이에 놓인 불화의 정서는 어느 장르에서나 유효한 까닭이다. 그러나 자아와 세계 사이에 놓인 간극은 동화적 세계에서는 무척이나 좁지만 그 간극은 서정시의 경우보다 넓고 큰 것은 아니다. 따라서 시인이 동화적 세계에 꾸준히 머물러 있었고, 그 기조가 여전히 변하지 않고 있다고 한다면, 시인이 펼쳐 보이는 서정시의 세계와 이 동화적 삶의 세계가 불연속적인 관계에 놓여 있다고는 할 수 없을 것이다.

실제로 시인의 서정시에는 동화적 발상에서 얻은 영향들이 시의 형식이나 내용 속에서 꾸준히 반영되어 나타난다. 가령, 시인의 시들은 긴 호흡을 요하는 양식적 특성이 드물거니와 대부분의 경우 짧은 시 형식을 유지하고 있다. 이런 특성들은 정서의 단일성을 요구하는 동시의 영향으로부터 자유로운 것이 아니다. 내용 역시 마찬가지의 특성을 갖고 있는데, 시인의 작품 세계는 맑고 깨끗한 세계를 한껏 담아내고자 했다. 바다와 호수와 같은 맑고 투명한 세계를 시의 중심 소재로 가져오는가 하면, 여러 이질적인 요인들이 충돌하는 비유들의 긴장도가 크지 않은 까닭이다. 이런 특징들은 모두 정서의 통일과 인식적 단일성이 요구되는 동시의 세계와 무관하다고는 할 수 없을 것이다.

동화적 순수의 세계는 자아 중심적이긴 하지만, 주로 자아 내부의 세계에 그 초점이 맞춰진다. 시인이 상재하는 이번 시집에서 서정성이 가장 밀도 있게 모아지는 것도 이 부분이다. 자신이 윤리적, 혹은 인식적으로 완결되지 않은 것으로 생각하기에, 동화적 순수성의 세계는 저 멀리 외따로 떨어져 있는 것으로 이해한 탓에 그러하다.

'얼굴' 시를 쓴다고
고민하다 잠이 들었다

산을 오르며
나를 하나씩 하나씩 떨어뜨려놓았다
꼭대기에 올라가 내려다보니
적막하고 아득한 곳에 나는 하나다
문득 두려워
되돌아 떨어뜨려놓은 나를 찾으려는데
내가 누구인지 모르겠다
눈앞이 캄캄, 보이지 않고
눈 코 입 찾는데

내 얼굴을 더듬어본 적 없어 못 찾는 바보
손바닥에 피식 웃음 박힌다
자신은 자신이 가장 잘 안다는
진리에 갇혀 지금까지 난 자유였네

달덩이를 닮았다는 것 외에
아무것도 모르는 내 얼굴
산을 다 내려오도록 찾지 못하고
깼다, 모르겠다, 나를

                    ─「얼굴, 잘 모르겠네」 전문

　이 작품에서 '얼굴'이란 곧 자아를 의미한다. '얼굴'을 찾아 나선
다는 것은 자아를 찾아 떠나는 행위와 일치한다고 할 수 있다. 시
인은 그러한 과정을 두 가지 국면에서 이해하고 있는데, 하나가

꿈의 형식이라면, 다른 하나는 산을 오르는 여정을 통해서이다. 꿈은 무의식의 전능이기에 어찌 보면 자아를 이해하는 가장 의미 있는 기제라 할 수 있을 것이다. 의식의 방해 없이 무의식 저편에 놓여 있는 자아의 적나라한 모습을 모두 다 파악할 수 있기 때문이다.

그리고 또 하나는 산을 오르는 과정이다. 실상 이런 수법은 정지용의 「백록담」에서 익히 보아온 것이다. 그는 한라산의 등반 과정을 통해서 각 지점에서 인식되는 사유의 극점들에 대해 이해한 바 있다. 그런 과정은 이 시인에게도 동일하게 적용되는데, 시인은 산에 오르면서 자신이 간직하고 있는 것들에 대해서 하나씩 내려놓는다. 그것이 자신을 구성하고 있는 신체의 일부이든, 아니면 욕망과 같은 정신의 일부이든 상관없다. 그렇기에 이 버리는 행위는 자기 수양이라는 성찰의 과정과 밀접히 연결된 것이라 할 수 있다.

그런데 문제는 이런 과정을 통해서 알 수 있다고 생각한 자아의 모습이 전혀 감각되지 않고 있다는 사실이다. 자신의 일부를 벗겨내고, 또 욕망이라는 불온의 장치를 가동시키지 않았는데에도 불구하고 자아의 모습은 여전히 안개 속에 갇혀 있는 까닭이다. "자기는 자신이 가장 잘 안다는 진리에 갇혀" 있었기에 그런 것이었고, 경우에 따라서는 "달덩이를 닮았다는 것 외에/아무것도 모른" 채 있었던 것, 곧 자아에 대해 피상적인 수준에서만 머물렀던 것이 이런 인식적 한계를 가져온 것이다.

　잘 새겨들어

지나고 보면 하루가 그저 그런 날들인데
비우며 살자 이거야

가만 있으면 좋을 걸 아는 척한 것이 부끄럽고
져도 좋은 걸 이기면 나중이 우습고
잘난 척하지 말자 이거야

꽃을 피워 봄을 노래하고
몸부림으로 여름 땀 빼고
콧대 높여 가을을 뽐내도
정열 다 쏟아낸 후 오는 겨울은 쓸쓸한 거야

저 봐, 뒹구는 낙엽이 인생을 다 말하잖아
추락하는 존재라도 이유는 있어
선악의 공적은 어딘가에 저장되는 법
부서지는 몸으로 홀연 떠나는 낙엽이 쓸쓸해도
겸손은 참으로 아름다운걸

욕심은 추하고 용서는 아름답대
잘 새겨들었어?

　　　　　　　　　　　　　　　—「그럴싸한 통화-나에게」 전문

　　인용시 역시 「얼굴, 잘 모르겠네」의 연장선에 놓여 있는 작품이
다. 이 작품은 시인 자신에게 말을 거는 형태로 구성되어 있다. 서
정시의 장르적 특색이 시인 스스로에게 말하는 양식이라는 점에
서 비추어보면, 이 작품은 여기에 충실한 경우이다.
　　이 작품에서 현실적 자아와 이상적 자아는 윤리적 기준을 두고

서로 다툰다. 마치 이상의 「거울」에서처럼 두 자아는 갈등하고 경쟁하는 것이다. 그러나 이 작품을 이상의 「거울」과 곧바로 연계시켜 논의하는 것은 다소 무리가 있어 보인다. 「거울」은 의식과 무의식 사이에 놓인 간극을 좁히면서 형이상학적 통합에 이르고자 하는, 인간의 존재론적 완성을 향한 여정을 그린 작품이기 때문이다. 반면에 「그럴싸한 통화―나에게」는 「거울」과 매우 다른데, 여기서 두 자아는 수평적 관계에 놓여 있는 것이 아니라 수직적 관계에 놓여 있다. 그런 위계적 질서 속에서 하나의 자아는 다른 자아에게 윤리 의식을 강요하며 계몽적 훈계를 내리는 구조로 되어 있는 것이다. 이런 면들은 이상의 「거울」과 다른 차원에서 사유되는 것들이라 할 수 있다.

이복자 시인의 자아 성찰은 존재론적 완성이라는 인간의 영원한 꿈과 다소 거리가 있는 것처럼 보인다. 그의 시들은 의식과 무의식의 관계망에서 이루어지는 것이 아니라 계몽적, 교훈적 관계에서 이루어지기 때문이다. 시인은 철학적 함의라든가 형이상학적 사유의 깊이에까지 굳이 들어가지 않고 실존과 자아의 문제에 대해 사색하고자 한다. 이런 윤리성이 동화적 세계와 분리할 수 없는 것이거니와 시인의 시들은 이렇게 맑고 투명한 관계 속에서 자아의 길을 모색하고 있는 것이다.

2. 균형 감각과 사랑에의 지향

자아란 무엇인가에 대한 시인의 집요한 물음들이 존재 내부의 문제, 곧 형이상학적인 틀 속에 갇혀 있는 것은 아니라고 했다. 그의 시들이 관념의 영역으로부터 한걸음 비껴 서 있는 것도 이런 특색에서 비롯된 것이라 할 수 있다. 따라서 시인의 시들이 자아 내부가 아니라 자아 외부에서 의미화되는 것은 어쩌면 자연스러운 것일지도 모르겠다. 실제로 시인이 응시하는 현실은 불온성이 펼쳐지는 현장이 아니다. 이 시인의 작품들은 그런 현장에서 뿜어 내오는 갈등의 열기에서 한 발짝 물러나 있다. 그렇다고 해서 그런 현장에 대해 애써 외면하려고도 하지 않는다. 가령, 「난민 고무보트」 같은 작품들이 그러하다.

하늘은 붙잡아줄 팔도 안 보이고
바다는 받쳐줄 어깨가 없는데

넘칠 만큼 사람 태운 고무보트가 바다에 떴다
더 이상 사람이 아니라고 말하지, 난민들을

파도야 흔들지 마라
속에서 올라올 무엇도 없다는데 너는 왜 팔을 쓰니?
제발 흔들지 마라

눈물이 소금 되도록 붙어 있는 목숨
땅 찾는 눈으로 한 발 기어 나와 헤매는 사이
파도가 손에 쥔 죽은 아이, 먼저 도착이네

홍해를 가른 하늘이여!
오병이어(五餠二魚)의 손으로 보트 좀 잡아주소
너무 잘살아 사람이 아닌 사람 많다 해도

공평(公平)을 주장하소서

— 「난민 고무보트」 전문

자신이 살았던 삶의 현장으로부터 쫓겨난 사람들이야 말로 사회적인 모순을 온몸에 담고 있는 주체들일 것이다. 그들을 이렇게 막다른 골목으로 몰아붙인 세력과 그 원인이 무엇인지에 대해 굳이 이야기하지 않아도 된다. 중요한 것은 이들이 처한 위치이다. 뿐만 아니라 인간 모두에게 부여된 생존권이 공평하게 분산되지 못하는 현실만이 부각되면 된다.

그러나 이 작품은 생존권이 극한에 몰린 사람들의 비극적인 현장을 소재로 하고 있지만, 휴머니즘과 같은 인도주의를 섣불리 말하지 않는다. 그리고 국가 간에 내재한 갈등의 원인이나 인과론에 대해서도 말하지 않는다. 그럼에도 시인이 보는 시선은 분명하다. 이 피폐한 결과들은 너무 잘살아 사람이 아닌 사람이 많은 데서 기인한 것이라고 진단한다. 즉 자본의 불균형과 경제적 불평등이 난민이라는 아웃사이더들을 만들어냈다고 이해하는 것이다. 정서적 단일성과 장르적 협소성이 요구되는 서정시에서 원인과 결과와 같은 거대 서사들에 대해서 이야기하는 것은 어려운 일이다. 그러려면 서사적 요인들이 개입되어야 하고, 시 또한 장형화의 길을 걸어야 한다. 이복자 시인의 시들은 간결하고 투명하다. 그런 장르적 특성들은 모두 동화적 순수성과 밀접한 관련이 있다고 했다. 긴 서사성은 그의 시세계에서 애초에 차단되어 있었다고 보는 것이 옳을 것이다. 만약 이런 불온성에 대해 그 정합적 완결을 이야기 하려면 보다 새로운 형태의 담론 질서들이 필요할 것이다. 어떻든 진단이 있다면, 이를 뚫고 나아가야 하는 통로도 있을 것이다. 자기 스스로에 대해 준열한 탐색과 비판을 보여주었던 시인이 이를 우회하는 것도 쉬운 일이 아니었을 것이다.

이복자 시인이 그 탐색의 결과에서 발견한 것이 '공평'(公平)의 정서이다. 이는 단순한 선언에 불과한 말이긴 하지만 이 담론이 시인의 작품에서 갖는 함의는 매우 중요한 것이라 할 수 있다. 부자와 난민을 공유하는 것은 인간이고, 그 인간의 가치는 동일하다는 것, 그것이 공평의 감각이다. 이 정서는 정치적 국면과 경제적 국면에서 모두 유효한 것이지만, 더 중요한 것은 그 속에 내재된 정서의 함량일 것이다. 공평이란 양극단을 아우르는 감각, 균형의 정서와 밀접한 연관성을 갖고 있는 것이라는 점에서 그러하다. 특히 이 부분에 서정의 밀도가 집약해서 나타난 것은 이번 시집에서 무척 소중한 것처럼 보인다.

극단으로 치우치는 것은 균형과 질서가 무너질 때 일어난다. 난민이라는 아웃사이더의 발생은 자기들만의 이기주의, 곧 편중된 사고와 이기심이 만들어낸 부정의 정서에서 온 것이다. 이런 정서를 뛰어넘기 위해서는 이질적인 것, 양극단의 정서를 중화라든가 중립의 지대에 갖다 놓아야 한다. 그런 정서가 균형 감각이다. 실제로 시인이 이번에 상재하는 시집에서 이런 정서들이 아주 전략적으로 나타나는데, 이런 장치들은 시인의 주제의식과 밀접한 상관관계가 있을 것이다.

　　잎이 돋고
　　꽃도 피고

나물도 나오고

온통 차올라 팽팽해지는 봄인데
한 구석 덜 메꿔져 그리운 소리

개굴
개굴
개굴

경칩 지나고 허공 가르는
이 소리 있어야 봄이 다 찼는데

꽃이 만발하고 초록이 차도
그 소리 없어 헛헛한
도시의 봄

— 「개구리가 없어」 전문

인용시는 봄날의 일상에서 흔히 관찰할 수 있는 풍경을 묘사한
작품이다 "잎이 돋고/꽃도 피고/나물도 나오고" 하는 모습이란 이
계절에 어디에서나 누구나 볼 수 있는 풍경이다. 그러나 시인의
응시는 이런 시각적인 것에서 그 완성이 이루어졌다고 생각하지
않는다. 봄이라는 계절이 완성되기 위해서는 또 다른 무엇이 있어
야 가능하다고 생각한 것이다. 꽃과 온갖 사물이 자신의 존대를
드러낸다 해도 그것만으로 봄은 완성되지 못한 것으로 이해한 것
이다.

시인은 그 결핍된 것을 청각적인 것, 곧 개구리의 음성에서 찾

아낸다. 그는 봄을 알리는 것이 시각적인 요소만으로는 부족하다고 본 것이다. 또 다른 어떤 것, 시인의 판단처럼, 청각적인 것이 보충될 때, 봄은 비로소 하나의 완성체로 우리 앞에 다가온다고 이해한 것이다. 아주 사소한 것이라 할 수 있지만 봄에 대한 시인의 이런 종합적 사유는 의미 있는 것이라 할 수 있다. 그것은 무엇보다 균형이라는, 이 시인만의 독특한 시적 전략에서 오는 것인데, 시각과 청각의 절묘한 조화, 그런 합창의 세계가 동시에 이루어질 때, 봄은 완성된다고 본 것이다.

균형 감각은 어느 한쪽만으로의 일방통행을 거부한다. 아무리 좋은 관념이나 사유도 한 방향으로만 흘러가게 되면 더 이상 유의미한 결론을 얻지 못할 것이다. 양극단이 아니라 가운데로 향하는 것, 곧 균형으로 향할 때 조화가 세계는 만들어진다.

시인이 전략적으로 발견한 균형의 감각이나 조화의 정서에 대한 시인의 서정적 정열은 매우 치열하다. 가령, 빛의 고마움은 양달에서만 한정되는 것이 아니라 응달이 있어야 비로소 가능하다는 것(「응달」), 인간은 자연의 일부이기에 그와 더불어 함께해야 한다는 것(「숲-광릉수목원」) 것 등등이 그러하다. 여기서 알 수 있듯이 시인은 아름다운 조화란 어느 한쪽만으론 결코 완성되지 않는다고 본다.

스킨십이 샘난다
금빛 자갈은 여전히 익는 중
빛난다

마중과 배웅이 아울려
소용돌이도 쉽게 풀려가는

삶은 그저 순탄하면 행복이라고
햇빛도 평안을 투여하는 흐름 목

모난 성질 스스로 낮추어 맑은
소리조차 사리랑사리랑
사랑이다

— 「여울」 전문

균형 감각이라는 점에서 볼 때, 인용시 역시 「개구리가 없어」의 연장선에 놓인 작품이다. 시의 소재가 된 자갈은 흔히 둥근 원을 상징한다. 둥글다는 것은 모나지 않다는 것이고, 그러한 특성 때문에 물은 둥근 자갈을 경과하면서 부드럽게 흘러갈 수 있다. 만약 그것이 둥글지 않다면, 물은 거친 소리를 내고 회오리를 만들어낸다.

이 작품의 특성은 이렇듯 소리 감각에서 찾아진다. 시인은 물소리를 단지 물리적인 차원에서 한정시키지 않고 여기서 새로운 관념을 읽어낸다. 그것이 이 시인만의 크나큰 장점인데, 시인은 소리 감각을 통해서, 곧 음성 상징을 통해서 또 다른 관념을 서정의 진공 속에 채워나가기 시작하는 것이다. 사랑이라는 관념이 바로 그러하다. '사리랑사리랑'은 단순한 음성에 불과하지만, 시인은 이 소리를 예사롭게 넘기지 않는다. 그것은 단순한 소리가 아니라 '사랑'이라는 관념으로 새롭게 들리는 까닭이다. 이 소리를 매개로 시인의 균형 감각은 사랑이라는 관념으로 전이되고 있는 것이다.

3. 삶의 긍정성과 자연의 형이상학

사랑은 모든 것을 용서하고 감싸 안는다. 그렇기에 갈등이 없고 조화로운 이상을 이룰 수가 있다. 균형 감각이 만들어내는 조화의 정서를 이해한 시인이기에 이런 사랑의 감수성으로 나아가는 것은 일견 자연스러워 보인다. 그만큼 시인은 어느 한쪽으로만 나아가는 일방의 통로만으로는 인간과 인간 사이에 놓인 간극을, 인간과 자연 사이에 놓인 간극을 좁힐 수 없다고 판단한 것이다.

시인은 그런 간극을 '먼지'가 자욱이 낀 세상으로 파악한다(「먼지 때문에」). 대상 사이에 짙게 낀 먼지가 소통으로 나아가는 길을 막아선 것으로 이해하는 것이다. 그 연장선에서 주목되는 것이 「뿅뿅다리의 진리」라는 작품이다.

> 건넌다는 것은 이어짐이다
> 다리는 가로막는 것이 있는 곳에 놓인다
> 끊어졌던 희망이 이어진 통로는 건너야 단단해진다
> 그래서 다리는 함부로라는 말을 거부한다
>
> 건너편을 쉽게 점령하는
> 잇는 무거움의 지탱을 칭찬할 줄 모르는 사람보다는
> 사람과 사람
> 사람과 자연, 그리고 자신을 생각하며 건너기를 원한다

물 흐르는 긴 다리를 건너본 사람은
바람이 있고 소리가 있어
시원함을 깨닫고야
가벼워지는 다리 위의 진리를 그리워하게 된다

난간도 없이 가는 다리로
철판에 구멍 뽕뽕 뚫고
어려운 세태 중에 바람과 물의 소통까지 감당하며
오로지 애인정신으로 길게

사람의 흑백을 주장하는 다리,
가벼워진 사람이면 이 빠진 할아범같이 좋아 웃는
회룡포 뽕뽕다리를, 누구든 그리워하라
그리워하라

— 「뽕뽕다리의 진리」 전문

　　양극단으로 갈라진 공백을 이을 수 있는 것이 다리의 임무이다.
그렇기에 다리가 없다면 둘 사이에 내재된 공간이나 거리는 좁혀
지지 않을뿐더러 영원히 합류할 가능성도 없다. 평행선처럼 놓인
공간을 잇게 만들어주는 것은 다리뿐이기 때문이다. 이렇듯 다리
는 두 공간을 연결하는 매개이지만 시인에게 그것은 또 다른 함의
를 갖는 것이기도 하다. 균형 감각의 차원이 바로 그러한데, 다리
는 단순히 물리적으로 단절된 공간을 잇는 구실에서 그치는 것이
아니라 둘 사이의 공간을 메우는 균형 차원으로도 읽혀지는 까닭
이다.

　　그런 형이상학은 작품을 독해하는 과정에서도 그대로 드러난

다. 다리를 건너는 시인의 행위란 곧 "사람과 사람", "사람과 자연, 그리고 자신을 생각하며" 건너는 일과도 같은 것이기 때문이다. 그러한 이동, 혹은 건너기를 통해서 갈라진 두 세계는 적절한 통합, 곧 조화가 이루어진다. 그것이 통합의 감각을 갖고 있는 것이기에, 간극을 좁히기 위한 시인의 정열은 예사롭지가 않다. 앞에서 본 것처럼, 시인이 보는 현실이란 지극히 불량한 것이다. 근대라는 역사철학적인 것에서 비롯하여, 지금 여기는 온통 먼지로 뒤덮인 세상뿐이기 때문이다. 그렇기에 갈등과 불편부당이 존재해왔고 위계질서가 생겨났다. 이 모든 불온성들은 화해할 수 없는 사유, 서로 교통할 수 없는 균형 감각의 상실이 만들어낸 결과이다. 시인은 이런 사회에 대한 당위적 의무를 갖게 되고, 그 열정이 매개가 되어 서정의 강도는 더욱 힘차게 살아나기 시작한 것이다. "어려운 세태 중에 바람과 물의 소통까지 감당하며/오로지 애인정신으로 길게" 진군하고자 하는 의지를 강하게 갖는 것은 이 때문이다. 균형을 완성하고자 했던 사랑 의식은 여기서도 강렬하기 피어난다.

아등바등 살지 말자

가자
새 길 만들며 혼자라도 가자
혹 무리 중 이탈 있으면 좋은 말로 타이르고
안 통하면 잠깐 물러서 뒤따르고
그 길에 행복이 있다 생각하자

굳이 날개 펼 이유 만들지 말고
모래바람 불어오면 눈 감자
적이 오면 비껴가라 타일러보고
우글우글 한꺼번에 덤비면 몸으로 맞서자
죽는 것이 참일 수도 있다면야 죽자

뛸 줄도 알지만, 걷고 싶은 고백을
들어주는 하늘이 있다면 인도하는 새 길로
빛을 따라 걷자

가자
걷자
사막 태생의 신념 올곧게 앞세우고

— 「타조」 전문

　자아 성찰과 균형 감각, 그리고 사랑이 만들어낸 자아가 이런 긍정적 자세를 취하는 것은 당연한 일이 아닐까 한다. 그것이 곧 삶에 대한 긍정성인데, 「타조」에서 알 수 있듯이 서정적 자아는 달관한 자의 모습, 바로 그것으로 표상된다. 시인은 그저 묵묵히 앞으로 나아가고자 할 뿐이다. 길이 없으면 새 길을 만들고, 모래바람이 오면 눈을 감으면 된다고 생각한다. 이에 맞서 대응하거나 거스를 필요가 없다. 현실에 순응해서 나아가면 자신 앞에는 어떠한 장애도 없다는 것이다.

　그런데 앞으로 향하는 이런 힘찬 발걸음이 가능하게 했던 것도 모나지 않는 삶, 여울물을 살짝 돌아 나가게 하는 것과 동일한 사유에서 온 것이다. 바로 "사막 태생의 신념"이라는 동일성에의 향수, 모나지 않은 삶에의 그리움이다. 낙타는 잘 알려진 대로 사막을 삶의 배경으로 하는 동물이다. 그렇기에 이 환경에서 최적의 생존 조건을 만들어내고 거기에 적응해서 살아가는 것이 낙타의 생존 비법이다. 사막의 온갖 악조건을 견디며 살아나갈 수 있는 것은 낙타가 '사막 태생이라는 사실'이고 이를 잊지 않고 살아가는 자세에서 오는 것이다. 삶에 대한, 그리고 현실에 대한 시인의 긍정성이 만들어지는 지점도 이 부분에서이다. 인간이 자연의 일부라는 사실을 잊지 않을 때, 그리하여 그것과 맞서는 욕망을 발산하지 않고, 모나지 않는 삶을 살아갈 때, 인간은 그 본연의 모습에 굳건히 적응한 것이 아닐까 한다.

그 연장선에서 주목해보아야 하는 것이 이 시집의 전략적 주제 가운데 하나인 모성적 상상력이다. 자연의 형이상학을 모성적인 것과 분리시킬 수 없다면, 시인이 이번 시집에서 천착해 들어간 모성적인 것들에 대한 친연의 몸짓들은 매우 유효한 시적 전략들이다. 실제로 시인의 시집을 꼼꼼히 읽게 되면, 소위 모성적인 것들과 거듭거듭 만나게 된다. 자연에 대한 아름다운 예찬이 그러하고, 어머니에 대한 끝없는 향수 등이 그러하다. 뿐만 아니라 유년의 아름다운 기억이나 고향에 대한 애틋한 향수 등도 모두 여기에 편입시킬 수 있을 것이다. 시인은 그만큼 이전의 시집에서 볼 수 없었던, 모성적인 것들에 대한 대단한 친연성을 보여주고 있는 것이다.

풀을 키우는 눈물은 흐르지 않습니다
가슴에 맴만 돕니다.

풀이 무성한 가슴은 작은 바람에도 요동이 심합니다
눈물을 함부로 보이지 말라는
근엄한 진리에 갇혀 풀씨까지 고이 품습니다
빗소리 요란하면 소리 내어 울고 싶은 밤은 오고
엎드려 통곡한들 흘러가는 것은 빗물일 뿐입니다
하늘이 또렷이 내려앉는 날일수록
눈물은 반짝이고, 사랑은 익어 거울같이 맑아집니다
가슴에 물풀을 키우며
눈물로 기다리는 사랑이 있습니다

—「호수단상 1」전문

물은 신화적 국면에서 보면, 근원으로 사유되고 또 모성적인 감각으로 수용된다. 그렇기에 '물풀을 키우는 것'이 가능해지는 것이며, 생의 약동으로도 이해된다. 그리고 물은 생명의 씨앗일 뿐만 아니라 그것을 포근히 감싸 안는 어머니의 품과도 같은 것으로 비유된다. 이 작품을 모성적 상상력으로 이해하는 것은 이 때문이다. 그리고 그 근저에는 인간만의 고유한 영역을 고집하고자 않는, 자연과 동화하고자 하는 서정의 정열과 교묘히 맞물려 있기도 하다.

모성적인 것에 대한 열정과 그리움의 강도는 이런 자연의 세계에서만 한정되지 않는다. 그의 모성적 정열은 일상의 현실에서도 집요하게 나타난다. 그것이 어머니에 대한 그리움과 향수이다.

키 작고 예쁜 울 엄마가
고운 한복 입고 경포 솔밭으로 소풍 오셨다

하얀 고무신 신고 치마꼬리 밟힐세라 장둥띠 매시고
찐 고구마, 삶은 밤, 침감, 찐빵 담긴
양푼을 머리에 이고 오셨다

엄마를 눈에 넣느라 뒤에 수건 온 것도 몰랐다
잡혀서 '나의 살던 고향은 꽃피는 산골……'
오로지 엄마만 보고 노래를 불렀다

수건돌리기 게임 끝나자 돌아서서
치마꼬리 들고 속치마 들추고 고쟁이 주머니 옷핀 빼고
꼭꼭 접은 십 원짜리 꺼내
삼각형 빨간 주스 사주시고
풍선도 사주시고

6학년 마지막 소풍
뒷줄 가운데 가르마 선명한 쪽머리 우리 엄마 있고
앞줄에 쪼그리고 웃는 내가 있는
딱 한 장
흑백 사진 속의 그날
　　　　　― 「흑백 사진 한 장―엄마의 마지막 소풍」 전문

　이 작품은 어머니에 대한 애잔한 기억이 한 폭의 풍경화처럼 아름답게 그려진 시이다. 누구에게나 있을 수 있는, 어머니에 대한 기억, 어린 시절의 추억이 한 장의 사진 속에 고스란히 담겨져 있는 것이다. 시인은 어머니와의 추억이 아름답고 소중했지만, 그것이 엄마와의 마지막 소풍이기에 더 의미가 있는 것이라고 했다. 그럼에도 그것은 사진 속의 그것처럼 결코 일회적인 것으로 그치는 것이 아니다. 사진 속에 남아 있던 어머니는 사진을 매개로 시인의 기억 속에서 계속 환기되어 나타나기 때문이다. 수면 위로 떠오른 어머니의 모습들은 단순한 추억에서 그치지 않고 시인의 앞길을 계속 제어한다. 어머니는 단지 과거의 어머니가 아니라 현재의 어머니, 미래의 어머니로 계속 시인의 앞길을 조율하기 때문이다.

모성성은 이렇듯 시인의 삶을 환기하고 시인의 발길을 밝혀주는 매개가 된다. 시인에게 모성적인 것은 과거의 단순한 재현으로 그치지 않는다. 어머니는, 곧 모성적인 것은 시인의 길을 인도하는 거멀못 역할을 하고 있었기 때문이다.

시인이 이번 시집에서 보여준 전략적 이미지는 균형 감각이다. 그는 자아를 성찰하면서 모난 곳을 감추고 원만함으로 단련하여 자연의 일부로 동화하거나 편입시키고자 했다. 그 도정이 자아 성찰의 지난한 과정이었다. 그러는 한편으로 시인은 사랑의 감수성을 발견하고 이를 자기화하고자 시도했다. 둥근 돌의 아름다운 소리를 통해서 물의 유연한 흐름을 발견하고 이를 사랑이라는 관점으로 승화시켜 나아가고자 했던 것이다. 그 연장선에서 발견한 모성적 상상력 또한 이 감각과 분리하기 어려운 것이었다. 모성적인 것이야말로 모나지 않는 것, 포근하게 감싸 안는 그 무엇으로 사유되었기 때문이다. 이 모든 정서가 균형 감각을 갖고자 했던 시인의 열정에서 온 것이었고, 시인은 이를 집약하여 모성이라는 큰 성채를 만들어내고자 했다. 이번 시집에서 시인은 그 성채를 크고 굳게 만들어 자아의 모난 성격을, 세상의 먼지를 굳게 가두려 했

다. 그런 다음 그 성채에서 숙성된 모성적 사랑과 힘을 자신의 앞
길을, 그리고 세상을 조율해나가는 준거점으로 삼고자 했다.

宋起漢 │ 문학평론가

이복자 시인은 그동안 좋은 시집, 동시집을 여러 권 상재하여 한국 문단에 큰 자리매김을 하고 있는 문인입니다. 또한 가곡과 동요의 작사가로서도 널리 알려져 있습니다. 이렇게 글복이 많은 시인이 경기도문화재단의 창작 지원으로 좋은 시집을 발간한다니 큰 기쁨이 아닐 수 없습니다. 진심으로 축하합니다.

— 엄기원(한국문협 고문)

이복자 시인의 작품을 읽는다. 이 시인의 작품은 캄캄한 현실에서 별을 보는 느낌이다. 촉촉한 시어와 단단한 구성력과 풍부한 경험에서 건져 올린 테마들은 독자들의 마음을 끈끈하게 묶어놓을 것이다. KBS의 큰 상을 수상한 시인의 경력이 돋보인다. 특히 자연친화적인 작품에선 꽃과 나무, 나무와 숲, 숲과 생명들의 숨소리가 생동감이 번쩍인다. (사)현대시인협회 부이사장을 지낸 연륜이 작품에서 더욱 돋보인다. 문명이 문화를 압도하는 세대에 같은 방향을 향해 동행하는 글 친구가 있어서 행복하다.

— 김용언(한국작가연대 이사장)

얼굴, 잘 모르겠네